Nous remercions le ministère du Patrimoine canadien,
la SODEC et le Conseil des Arts du Canada
de l'aide accordée à notre programme de publication

Patrimoine canadien	Canadian Heritage
Conseil des Arts du Canada	Canada Council for the Arts

ainsi que le gouvernement du Québec
– Programme de crédit d'impôt
pour l'édition de livres
– Gestion SODEC.

Nous reconnaissons l'aide financière
du gouvernement du Canada
par l'entremise du Programme d'aide au développement
de l'industrie de l'édition (PADIÉ) pour ce projet.

Illustrations:
Guillaume Maccabée

Montage de la couverture:
Grafikar

Édition électronique:
Infographie DN

Dépôt légal: 1er trimestre 2011
Bibliothèque nationale du Canada
Bibliothèque nationale du Québec

1234567890 IM 987654321

Copyright © Ottawa, Canada, 2011

Éditions Pierre Tisseyre
ISBN 978-2-89633-167-3
11389

Félix déboule
et redouble

COLLECTION
PAPILLON

DU MÊME AUTEUR
AUX ÉDITIONS PIERRE TISSEYRE

Collection Sésame
Rocket Junior, roman, 2000.
Villeneuve contre Villeneuve, roman, 2003.
Du sapin à la moutarde, roman, 2008.

Collection Papillon
Au clair du soleil, roman, 1999.
Fripouille, roman, 2001.
    Sélection Communication-Jeunesse.
La grosse tomate qui louche, roman 2009.
    Prix littéraire des enseignants AQPF-ANEL 2010.

Collection Safari
Svetlana, après Tchernobyl, roman, 2004.

**Catalogage avant publication
de Bibliothèque et Archives nationales du Québec
et Bibliothèque et Archives Canada**

Roy, Pierre, 1959-

    Félix déboule et redouble

    (Collection Papillon ; 172. Roman)
    Pour les jeunes de 9 ans et plus.

    ISBN 978-2-89633-167-3

    I. Maccabée, Guillaume, 1975-   . II. Titre.
    III. Collection: Collection Papillon (Éditions
    Pierre Tisseyre) ; 172.

PS8585.O922F44 2011   jC843'.54   C2010-942674-6
PS9585.O922F44 2011

Félix déboule
et redouble

roman

Pierre Roy

ÉDITIONS
PIERRE TISSEYRE
www.tisseyre.ca

155, rue Maurice
Rosemère (Québec) J7A 2S8
Téléphone : 514-335-0777 – Télécopieur : 514-335-6723
Courriel : info@edtisseyre.ca

On oublie que les jeunes, c'est comme les pots de confiture. Vous savez, ceux qui se dévissent : souvent on essaye de toutes ses forces, on se crispe, on s'écorche la paume... Le truc a l'air bloqué. Et puis tout à coup, alors qu'on capitule, une légère pression des doigts, en tournant, et le couvercle vient tout seul !

Claude Duneton
Je suis comme une truie qui doute

1

Cauchemar

Dès que je la regarde, mon cœur palpite ! Ses yeux, on dirait du velours bleu. Ses longs cils recourbés font penser à des ailes de papillon. Je voudrais être la craie qu'elle tient dans sa main, me briser entre ses doigts. Je nous imagine, seuls sur une île déserte, contemplant l'infini de la mer qui se marie avec le ciel.

Parlant de mariage, je n'ai pas encore osé lui demander si elle accepterait de m'épouser. Je crois que je vais attendre un peu, quand je serai au secondaire. Je ne voudrais pas que les autres puissent penser qu'elle m'accorde des privilèges. Pour l'instant, mieux vaut vivre cet amour en secret.

— Félix, est-ce que tu m'entends?

Le son de sa voix m'ensorcelle.

— Viens à mon bureau, s'il te plaît.

Lorsque je m'approche d'elle, le parfum de mon Isabelle Gagnon me gagne, m'envahit, me transporte. Elle ne parle que pour moi, ne regarde que moi. Alors j'écoute, je fais semblant de comprendre et je quitte l'école en promettant de bien étudier. Le problème, c'est qu'en arrivant à la maison j'oublie. Enfin, d'habitude, j'oublie.

Parce que là, je n'ai plus le choix. Depuis que mon enseignante a téléphoné à mes parents, ils ont décidé de prendre les grands moyens: le baseball et le soccer sont en vacances. C'est mon cerveau qui doit faire du sport. J'en ai des crampes jusque sous les yeux, derrière les oreilles et même dans le nez!

En revenant de l'école, à peine si j'ai le temps d'avaler une collation:

vite, aux travaux forcés! Surtout, pas de télévision. Après l'étude suit la période de questions. Tous les soirs, je dois subir les dictées et résoudre les horribles problèmes de mathématiques. Mon père m'a même acheté un disque de tables de multiplication. Je m'endors sur l'air de « huit multiplié par sept égalent cinquante-six, neuf fois sept font soixante-trois... ».

On me torture!

Pourtant, tout s'était bien déroulé durant les neuf premiers mois de l'année. Pourquoi m'a-t-elle abandonné?

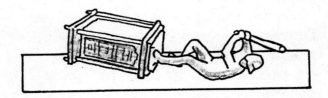

2

Première prise

À seize heures, le lendemain, je suis de nouveau enchaîné à ma table de travail. Pour trouver les idées et rédiger un texte de deux pages, aucun problème. Les problèmes, ils surgissent au moment de le corriger. Depuis quarante-cinq minutes, je bûche comme un malade! Le sujet, dans la phrase, où se cache-t-il? Les compléments, pourquoi y en a-t-il autant de sortes? Si on écrivait comme on parle, ce serait plus simple, non? En français, c'est la grammaire que je déteste le plus, avec l'orthographe et la conjugaison. À mon avis, on devrait n'utiliser qu'un seul temps de verbe, accompagné de *hier* ou de *demain*. Le reste du temps devrait être réservé au temps libre, au beau temps, aux passe-temps, au temps perdu et, pour faire plaisir aux grands-parents, au bon vieux temps.

Le bruit de la sonnette interrompt mes réflexions. Incapable de résister, je tends l'oreille afin de savoir qui arrive.

De la porte d'entrée, quelqu'un demande :

— Félix est dans sa chambre ?

C'est Thomas, qui vient me chercher pour la partie de baseball.

— Il étudie, répond ma mère.

— Vous en êtes certaine ?

— Oui, Thomas, il se prépare pour l'examen de français.

— J'ai justement trouvé son livre de grammaire, chez moi. Je le lui rapportais, au cas où il en aurait besoin.

Ah non, j'ai dit à maman que je me l'étais fait voler. J'ignore qui voudrait voler un livre aussi ennuyeux, mais enfin.

— Étrange coïncidence, je viens tout juste de lui en acheter un autre.

— Je peux aller le rejoindre? insiste Thomas.

— D'accord, deux minutes, pas plus. Le chronomètre est enclenché.

J'entends mon ami qui traverse le couloir en courant. Lui non plus n'est pas capable de marcher lentement. Ce n'est pas notre faute, trop de choses nous intéressent. Alors, il faut se dépêcher.

— Qu'est-ce que tu fais, Félix?

— Je révise.

— Milieu juin, une semaine avant les examens! Tu penses qu'en sept petites journées, tu vas rattraper toute une année? Pour réviser, il faut avoir appris quelque chose!

— Je n'ai pas le choix, Thomas. Si je n'obtiens pas d'excellents résultats, je redouble.

— Isabelle ne te ferait jamais recommencer. Tu es son chouchou, elle te donne des cours particuliers depuis le début de l'année.

— Elle et l'orthopédagogue ont affirmé à mes parents que je n'ai aucun problème d'apprentissage. Elles disent que je suis un élève tout à fait normal, mais un peu paresseux. Est-ce que tu voudrais m'aider?

— Les deux minutes sont écoulées! crie ma mère, de la cuisine.

Thomas me tend le bouquin, jumeau de celui qui se trouve sur mon lit.

— Salut, je me sauve! On a un match important contre les Prédateurs diaboliques, tu t'en souviens? Dommage que tu ne puisses pas venir.

Juste au moment où Thomas referme la porte, le livre que je viens de lancer de toutes mes forces s'y écrase! Il retombe, ouvert sur la page qui explique qu'en général on doit mettre un «s» lorsqu'un mot est au pluriel. La seule règle de grammaire que je connaisse!

Deuxième prise

Jeudi matin, enfin le dernier examen. Je dépose une belle pomme rouge sur le bureau d'Isabelle. Aussi bien mettre toutes les chances de mon côté.

J'ai travaillé dur, hier soir. Le problème, c'est que j'ai tout oublié durant la nuit. Je ne me souviens plus de rien, mais alors là, absolument de rien ! Les tables de multiplication et les fractions sont tombées dans un trou de mémoire. Un grand trou noir d'où il m'est impossible de les convaincre de sortir.

Puis, petit à petit, elles refont surface.

Il fait une chaleur torride, même mon crayon transpire! Les flammes de l'enfer m'encerclent, me lèchent le visage et les mains. Je ne dois pas laisser passer l'ultime chance de sauver mon année, et surtout ma réputation. Je ne peux tout de même pas piétiner toute ma vie en quatrième année! J'ai mal aux mâchoires à force de serrer les dents. Ce n'est pas humain de maintenir vingt-six élèves enfermés dans une classe de treize mètres sur dix. Pires que des bestiaux dans un enclos! Quand la SPE (Société protectrice des enfants) s'en mêlera-t-elle?

Dernière question, l'épreuve est terminée. J'observe autour. Les autres continuent de se creuser la tête. Je crois que je m'en suis plutôt bien sorti. Fier de moi, je m'avance vers le pupitre de mon enseignante pour lui remettre mon test.

— Est-ce que j'ai réussi, Isabelle?

— Je l'ignore, Félix. Je dois d'abord

corriger les examens. Tu recevras ton bulletin par la poste d'ici deux semaines, comme tous les élèves.

— Je vais monter en cinquième ? J'ai fait beaucoup d'efforts...

— Je t'ai souvent expliqué que tu devrais recommencer si tu ne te réveillais pas, conclut-elle en soupirant.

J'aurais voulu qu'elle me rassure en me disant de ne pas m'inquiéter, que tout s'arrangerait. Mais non, elle me laisse là, seul comme un ours polaire sur sa banquise fondante.

La mine basse, mon crayon et moi retournons à notre place.

C'est vrai que j'aurais dû me réveiller avant. Je vais avoir l'air d'un imbécile si je reste dans la même classe.

Retiré !

Les vacances sont commencées depuis bientôt deux semaines. Chaque jour, j'espère et je redoute l'arrivée du facteur. Tiens, je viens d'entendre le cliquetis de la boîte aux lettres. Je vais voir. J'y trouve une enveloppe portant le sigle de l'école.

Je la dépose sur mon lit. Je la tourne dans tous les sens. Je ne sais plus si j'ai le goût de l'ouvrir. Je l'appuie contre la fenêtre pour tenter de voir au travers.

Après dix minutes, je me décide à en déchirer un coin. Un quart d'heure plus tard, je fais glisser la feuille de l'enveloppe. Fouillant tout au fond de mon cœur pour y dénicher quelques bribes de courage, je parviens à jeter un œil vers le bas.

Pendant au moins une heure, je reste là, sans bouger. Je n'arrive pas à y croire. Jamais je n'aurais imaginé qu'elle oserait. Je pensais qu'elle était de mon côté. Je voudrais me cacher sous le tapis pour les cinq cents prochaines années. La honte m'englue, je ne suis qu'un bon à rien, un minable ! Pourri à l'école et encore pire dans les sports. Au soccer, hier, j'ai accompli un exploit spectaculaire : j'ai compté dans mon propre but !

Un bruit de clés provient de l'entrée. Mes parents qui rentrent. Qu'est-ce que je vais leur dire ? J'enfouis le bulletin sous mon matelas, on verra plus tard.

Pour l'instant, je cours me réfugier au parc. La partie de baseball est déjà commencée. En fait, elle tire à sa fin. Je suis vraiment en retard. L'entraîneur me fait signe et me tend le casque.

Si je ne veux pas passer le reste de la saison sur le banc, je dois frapper un coup sûr.

Je fixe le lanceur droit dans les yeux.

« Ffffffffff »

— Première prise !

J'ai à peine vu la balle.

Je me concentre au maximum. Celle-là, je ne la raterai pas.

« Whooou »

— Deuxième prise !

Tous les coussins sont remplis et l'issue de la partie est entre mes mains. Je m'élance!

— Fausse balle! hurle l'arbitre.

Le bâton ne l'a qu'effleurée.

Mes coéquipiers scandent mon nom. Je prends une grande respiration, je retiens mon souffle.

Le missile approche, mes coudes tremblent, une goutte de sueur me tombe dans l'œil.

«CLAC»

Coup de circuit!

5

Bla bla bla

Pendant le souper, le lendemain, mon père me questionne:

— Qu'est-ce qui se passe, Félix? Tu n'as presque rien mangé.

— Je n'ai pas faim.

— Qu'as-tu fait de ta journée?

Je n'ai rien fait, justement, mais je réponds quand même:

— Jeu vidéo.

— Tu devrais sortir, profiter du soleil, respirer le grand air!

— J'avais envie d'être seul, tranquille.

— Quelque chose ne va pas?
demande maman.

Je me lève d'un bond et je cours m'enfermer dans ma chambre. Il y a des choses qui ne se partagent pas, surtout avec les adultes. Ce que je vis, c'est personnel. Le coup de circuit n'a pas effacé mon cuisant échec.

Ma mère frappe à la porte, comme je m'y attendais. Tout ce que je souhaite, c'est qu'on me fiche la paix!

Elle va encore essayer de me faire comprendre que je peux me confier, que les parents sont là pour nous aider, gnan, gnan, gnan. Je connais déjà la chanson.

— Tu as reçu une lettre de l'école, aujourd'hui, dit maman. Puisqu'elle est adressée à ton nom, je ne l'ai pas ouverte. Elle est sur la table du salon.

Du courrier deux jours de suite? Peut-être qu'Isabelle a fait une erreur!

En effet, l'écriture sur l'enveloppe ne m'est pas étrangère. L'odeur non plus. En posant les yeux sur les premières lignes, j'en reconnais l'auteure.

Cher Félix,

Tu as sûrement été déçu en recevant ton bulletin. J'étais très triste, moi aussi, lorsque j'ai pris la décision. Cependant, je l'ai fait pour ton bien et je t'explique pourquoi.

Mon fils et toi avez les mêmes cheveux bouclés et des yeux bruns identiques. Quand son professeur m'a appris qu'il risquait de rater son année si ses notes ne s'amélioraient pas, j'ai été bouleversée. Je savais qu'il avait un peu de difficultés, mais jamais à ce point. J'ai alors pensé à toi et j'ai réalisé que j'agissais de façon semblable avec vous deux. Je faisais tout le travail à votre place. C'est moi qui voulais que vous réussissiez.

Tu seras de nouveau dans ma classe l'an prochain. Je te promets que tout ira à merveille. Tu m'as remis un examen d'écriture époustouflant. S'il n'avait pas débordé de fautes, tu aurais eu une note remarquable. Applique-toi autant à corriger les mots qu'à les trouver et tu feras beaucoup de progrès. J'ai confiance en toi, si tu te forces vraiment.

Essaie de te distraire, passe de belles vacances et surtout, conserve ton sourire.

Isabelle

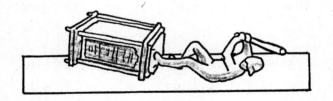

6

Isalaide

Si elle pense que je vais rester dans sa classe l'an prochain, elle se met un doigt dans l'œil. Pas juste un doigt, une main, les bras au complet, dans les deux yeux!

Elle veut me garder dans son groupe de débiles pour m'humilier encore davantage. Eh bien, elle va voir de quel bois je me chauffe. Il y a longtemps que mon père propose de m'inscrire à l'école privée, alors je vais profiter de l'occasion. Je ne retournerai pas dans cette maison de fous, remplie de professeurs incompétents. Jamais plus on ne se moquera de moi. Mes parents vont porter plainte contre elle. Ils vont lui faire perdre son emploi et elle ne pourra plus jamais en trouver un autre.

Elle va me le payer, « Isalaide Guenon ». Je vais casser les vitres de sa maison, dégonfler les pneus de sa voiture décapotable, mettre du sel dans son café et empoisonner son chien. Elle aussi va connaître la souffrance, la vraie.

Il faudrait toutefois que je sache où elle habite et à quoi ressemble son chien. A-t-elle un chien ?

J'aurais dû m'en douter, que j'allais échouer. Mes notes ont volé en rase-mottes pas mal toute l'année. J'ai même établi un record de moins vingt-trois, dans une dictée.

Non, si vous n'avez jamais redoublé votre année, vous ne pouvez pas comprendre ce que je vis. C'est impossible à expliquer. D'ailleurs, comment un vieux morceau de pizza oublié au fond d'une poubelle pourrait-il décrire les émotions qu'il ressent ? Un moins que

rien, un fainéant, un déchet, voilà ce que je suis. Pas intelligent, un point c'est tout.

Au soccer, j'ai même réussi à me faire expulser de mon équipe par mes propres amis. Tous mes coéquipiers ont voté mon exclusion, y compris Thomas, qui déménage dans une semaine. Il faut dire que je les avais engueulés assez solide.

Le lendemain de mon congédiement, c'est-à-dire ce matin, j'ai allumé l'ordinateur. J'avais un message, ce qui est plutôt surprenant, puisque plus personne ne veut me parler. Je l'ai ouvert avec espoir :

> Tu te crois meilleur que tout le monde, mais tu n'es qu'un minable ver de terre.

J'ai à peine eu le temps de le lire que l'écran s'est éteint, ne laissant que le curseur clignotant. Je n'ai pas pu identifier l'expéditeur. J'aurais dû le faire avant, bien sûr. C'est ce que va me dire ma mère : ne jamais ouvrir un courriel dont on ne connaît pas la provenance.

Nous sommes donc allés porter l'ordinateur chez le technicien. À cause d'un virus, le disque dur a trépassé, impossible de récupérer quoi que ce soit. Le réparateur nous a aussi annoncé que la machine n'est pas assez puissante et trop vieille pour accueillir les nouveaux logiciels. Nous n'avons pas le choix, nous devons en acheter une autre. En fait, nous avons le choix de nous en passer en attendant d'avoir l'argent nécessaire pour nous en payer une.

Récapitulons : je recommence mon année, mon meilleur ami déménage, je me fais mettre dehors de mon équipe et mon ordinateur rend l'âme. J'oubliais, au baseball, le bâton m'a glissé des mains et est allé frapper l'arbitre. Mon cas est à l'étude, pour l'instant. J'ignore si je pourrai jouer de nouveau.

En fait, je ne sais vraiment plus où j'en suis. Isabelle prétend dans sa lettre qu'elle a confiance en moi, si je me force. J'imagine qu'en plus de me forcer, elle veut que j'étudie ! J'ai quand même d'autres activités, le soir. L'école, les devoirs et les leçons, ce n'est pas tout ce qui compte dans la vie. D'ailleurs, une fois, j'ai passé presque vingt minutes à essayer de me concentrer sur un travail. Assis devant mon cahier d'exercices, je ne comprenais rien de rien. Les stratégies mathématiques se mélangeaient avec celles que j'allais déployer durant ma partie de hockey. Alors, j'ai été obligé de me rendre à la patinoire, je n'avais pas le choix !

7

La nouille

Quelques jours plus tard, après avoir relu la lettre d'Isabelle à plusieurs reprises, je ressens une impression étrange. La blessure paraît un peu moins profonde, elle guérit. Si mon enseignante a agi avec moi comme avec son fils, c'est qu'elle m'aime encore un peu, non? Une énergie nouvelle circule dans mes veines.

Je vais rejoindre mon père, qui prépare des spaghettis. Je suis bien décidé à m'expliquer :

— Papa, j'aurais quelque chose à te dire.

— Passe-moi le sel, s'il te plaît.

— Papa, il faut que je te parle.

— Veux-tu goûter? Mmmm, succulent!

Les spaghettis semblent plus importants que moi. C'est qui, la nouille?

Je me lance:

— Je recommence mon année.

— Je le soupçonnais depuis longtemps, Félix.

— Quelle est la punition?

— Je pense que tu l'as déjà eue. Tu es maintenant assez vieux pour comprendre que chaque geste que l'on fait, ou que l'on ne fait pas, entraîne des conséquences.

Il va me servir un interminable discours, sauce maison. Aussi bien m'asseoir.

— C'est à toi, et à toi seul de prendre tes responsabilités. Désormais, nous ne t'aiderons que si tu as réellement des difficultés. Cependant, tu ne t'en tireras plus avec des sourires et des jérémiades. Tu dois maîtriser ta destinée, sinon, c'est elle qui fera de toi son esclave. Réveille-toi, Félix!

Je vous épargne la suite, qui a duré au moins quinze loooongues, interminables minutes. Il a conclu en promettant que nous allions en reparler, puis il est sorti. Tout compte fait, j'aurais préféré une punition. Je déteste discuter avec les parents.

Vous l'aurez deviné, c'est dans les sports que je connais le plus de succès. Du moins, la plupart du temps. En général, j'évite de botter le ballon dans mon filet et de frapper les autres à grands coups de bâton de baseball. Donc, lorsque je pratique une activité physique, je n'ai aucune difficulté à rester concentré. Mon cerveau se connecte directement avec mes bras et mes jambes. À l'école, toutefois, je ne connecte avec rien. Ce n'est pas ma faute, il faut que je dépense mon énergie, sinon je tombe dans la lune. D'ailleurs, je me suis toujours posé une question : comment fait-on pour tomber dans la lune, si elle est au-dessus de nous ?

Je crois que j'ai une réelle vocation de décrocheur. Ce sera ma spécialité, le décrochage scolaire. Dès que j'aurai le droit, à seize ans, je vais lâcher l'école. Avec de la chance, je devrais être rendu au secondaire. Peut-être aussi que mes parents me laisseront abandonner avant, lorsqu'ils verront que l'acharnement ne mène à rien. Je me trouverai alors un boulot qui ne demande pas trop de connaissances. Je pourrai tondre des pelouses, laver des voitures ou livrer les journaux. L'école n'est pas faite pour moi, je suis vraiment trop nul.

Mon père, que je croyais dehors, revient à la charge :

— Félix, j'aimerais bien qu'on poursuive notre petite conversation père-fils.

Je suis victime de harcèlement! Il continue:

— On ne prend pas assez souvent le temps de dialoguer, tous les deux, tu ne trouves pas?

Ce n'est pas un dialogue, mais plutôt un monologue.

— Lorsque j'avais ton âge, à l'école, je me classais toujours parmi les cinq meilleurs.

Moi, quand je ne suis pas le dernier, c'est que je suis l'avant-dernier, mais je m'en balance.

— Je mettais tout mon cœur à l'ouvrage, j'actualisais mon potentiel à son maximum.

Il ne pourrait pas parler comme tout le monde, l'actualisateur de potentiel? À vrai dire, ce serait encore mieux s'il se taisait.

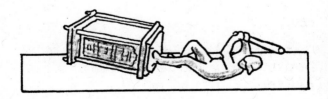

8

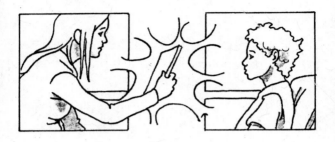

À l'aide !

Comme je m'en doutais, ma mère surgit, en renfort. Elle me sourit et s'assoit dans un fauteuil, face à moi. Ils vont se mettre à deux sur mon cas, je n'en sortirai pas vivant. Si vous voyez que nous sommes encore ici demain, composez le 9-1-1, s'il vous plaît.

— Lorsque j'allais à l'école, Félix, moi aussi j'éprouvais certaines difficultés.

— Toi, maman, tu n'étais pas bonne à l'école ?

J'ai toujours cru que c'était une championne !

— Mes résultats étaient pitoyables, surtout en grammaire, en orthographe et en conjugaison.

Je comprends maintenant pourquoi c'est mon père qui m'aide pour les devoirs.

— Par contre, ajoute-t-elle, je n'avais aucun problème pour rédiger, les idées arrivaient toutes seules.

Elle me fait penser à quelqu'un.

— C'est sûrement génétique, dis-je. Rien à faire, je suis tes traces. Pas besoin de chercher plus loin.

Elle rétorque, d'un ton sans réplique :

— Tu peux t'enlever cette idée de la tête, mon Félix. Avec tous les moyens dont nous disposons aujourd'hui, tu vas t'en sortir, crois-moi. Au magasin, nous venons de recevoir des ordinateurs de poche qui contiennent un logiciel d'apprentissage des mathématiques et du français. J'en emprunte un dès demain, pour que nous puissions l'essayer.

Maman est vendeuse au rayon de l'électronique. D'un bond, elle se lève et me propose :

— En attendant, mettons-nous à la lecture. C'est quand j'ai commencé à lire de façon régulière que mes résultats se sont améliorés.

— Que lisais-tu ?

— Juste des bandes dessinées, au début. Allons à la bibliothèque, faire le plein.

— Je ne saurai même pas quoi choisir.

— Moi oui, répond-elle.

— Mélanie est une experte en bandes dessinées, précise mon père.

Je ne trouve pas l'idée si géniale. Je déteste la lecture et la bibliothèque m'endort. Par contre, je suis surpris d'apprendre que ma mère est spécialiste en bandes dessinées. Je lui demande :

— Laquelle est la meilleure, à ton avis ?

— Calvin et Hobbes, selon moi. C'est l'histoire d'un garçon et de son

tigre en peluche qui devient vivant
dès qu'ils sont seuls. Il peut alors
parler, jouer et même faire les devoirs
de Calvin.

De l'ennui assuré!

— Suis-je vraiment obligé de lire,
maman?

— Si tu développes le goût de la
lecture, l'école te paraîtra peut-être
moins pénible.

— Je ne veux pas aller à l'école
longtemps. Si ce n'était que de moi,
j'arrêterais dès maintenant. Est-ce

que je pourrais prendre une année sabbatique, en attendant?

— Bien essayé, Félix. Pour toi, pas question de sabbatique avant que tu aies au moins terminé ton cours secondaire. Presque tous les métiers exigent ce diplôme.

— J'aurai de la barbe, maman!

— Ce sera très long, en effet, si tu ne cesses pas de te plaindre et de geindre. Allez, filons à la bibliothèque!

— Je vous accompagne! lance mon père.

9

Une peine d'ami

Thomas, mon meilleur ami, a déménagé la semaine dernière. Je sais que je ne le reverrai jamais, puisqu'il est parti au bout du monde, en France. Je m'ennuie de lui, même s'il a voté pour mon expulsion de l'équipe, l'autre jour. Un meilleur ami, c'est précieux et on ne peut pas le remplacer d'un coup de baguette magique. L'amitié se cultive, elle pousse lentement, millimètre par millimètre. Je crois que j'ai une vraie peine d'ami.

Une autre famille a pris leur appartement. J'ignore combien elle compte de membres, je ne les ai jamais vus dehors. Il faut dire que moi non plus, je ne sors pas beaucoup. D'ailleurs, je m'en contrefiche, d'eux. Je me fous de tout, je n'ai besoin de personne.

Tiens, je viens d'apercevoir deux silhouettes sur le balcon d'en face. Je me plante devant la fenêtre et je leur envoie la main. Elles ne me répondent pas. Je répète mon geste, qu'elles ignorent encore une fois. Je sors sur le balcon et enfin elles semblent me voir. Je leur crie un :

— Salut !

Les nouveaux voisins se regardent, mais ne prononcent pas un mot.

Je dévale l'escalier. Ou plutôt, je dévale la moitié de l'escalier, je rate une marche en levant la tête vers eux et je déboule la seconde moitié. Dans la rue, en grimaçant, je leur fais signe de me rejoindre. Ils disent quelque chose que je n'entends pas, mais paraissent sourire. Je n'en suis pas certain, car j'ai le soleil dans les yeux, ce qui explique la grimace.

Une demi-minute plus tard, ils
surgissent sur le pas de leur porte.
Je traverse la rue pour aller à leur
rencontre.

Là, je suis frappé par un éblouis-
sement spectaculaire, grandiose, et
le soleil n'y est pour rien. Je n'ai jamais
vu une aussi jolie fille. Non, elle n'est
pas jolie, elle est belle, magnifique !
Je ne parviens pas à en décrocher
mon regard.

— *Yo soy*[1] Alejandro, dit le garçon.

_____

1. En espagnol, *yo soy* signifie « je suis ».

C'est à peine si je l'avais remarqué, celui-là. Il répète :

— *Yo soy* Alejandro.

Je réponds :

— *Yo.*

— *Yo soy* Angelica, murmure la première merveille du monde, bien loin devant les sept autres.

Bouche bée, je reste planté là, statufié.

Félix Larousse

Angelica, mon ange!

Depuis une semaine, je suis posté devant la fenêtre, dans l'espoir de croiser son regard. Si au moins je pouvais lui parler, seul à seule. Dès qu'elle met les pieds dans la rue, sa mère et son frère la rejoignent. Puis ils montent tout de suite dans l'autobus.

Ce dimanche matin, je ne les ai pas vus sortir. Je me décide et je sonne à leur porte, qui s'ouvre.

— Bonjour, susurre Angelica.

En réalité, elle a dit «bonyour». Le plus doux, le plus exquis «bonyour» que j'aie jamais entendu.

Toutefois, qu'elle ait dit bonjour ou « bonyour » ne m'a pas fait réagir davantage. Je ne peux que l'admirer, les yeux et la bouche grands ouverts. La situation ne s'améliore pas !

Son frère arrive en courant et lance, en s'arrêtant pour que je puisse attraper sa phrase :

— Suivons cours de français.

Juste à entendre les mots « cours de français », un frisson glacial me traverse la nuque. Mais je me ressaisis :

— Je m'appelle Félix et j'habite en face, au deuxième étage.

Angelica sourit de son beau sourire, un peu moqueur. Bien sûr qu'elle sait que j'habite en face, elle m'a vu descendre l'escalier, idiot que je suis. Soudain, un éclair de génie me foudroie. Il doit être proche parent du coup de foudre.

— Je pourrais vous aider, dans vos cours.

Si Thomas me voyait ! Moi, proposer mes services comme enseignant, on aura tout entendu. D'ailleurs, à peine ai-je formulé cette offre que je la regrette.

— *Tu*, bon français ? s'informe Alejandro.

Sans prendre le temps de réfléchir, je déballe d'un trait :

— Je me débrouille pas mal, même si je ne suis pas le Petit Larousse.

Leur mère, toute menue, arrive et se présente :

— Carolina.

Ses sourcils m'indiquent qu'elle s'interroge :

— Brouille... rousse ?

À leur expression, je vois bien qu'ils n'ont rien compris de ce que j'ai bafouillé.

— Toi, quelle année ? demande Angelica.

Ah non, pas cette question !

Tu marches
au plafond ?

Croyez-le ou non, Angelica et Alejandro ont accepté mon offre. Ils ignorent, eux, ce que tout le monde sait. Difficile à imaginer, mais le plus cornichon des cornichons va se transformer en professeur de français, juste pour essayer d'impressionner une fille. Pas n'importe quelle fille, cependant !

Les cours devraient débuter dans quelques jours. J'ai simulé des occupations urgentes, pour avoir le temps de m'organiser. Je vais encore avoir l'air d'un imbécile, ce que je suis. Quelle idée j'ai eue !

Plongé en des profondeurs insoupçonnées dans mon livre de grammaire, je n'ai pas entendu mon père arriver.

— Tu étudies, Félix? Je n'ai rien contre, bien au contraire, mais prends le temps d'aller jouer, de relaxer. Tu me sembles un peu trop renfermé sur toi-même. Les nouveaux voisins sont dehors, as-tu vu? Tu pourrais en profiter pour faire leur connaissance? Tu ne trouves pas qu'ils ont l'air gentils? Tu devrais les inviter, tu ne penses pas?

Sa manière de formuler les phrases en questions me paraît bizarre. On dirait qu'il n'est pas sûr de lui.

— D'après toi, Félix, de quelle nationalité sont-ils? D'Amérique du Sud, est-ce possible? Le Chili, ou l'Argentine? As-tu déjà rencontré leur mère?

— Oui, hier.

— Moi aussi, je l'ai croisée, mais je n'ai pas osé lui parler.

Étonnant, papa qui devient tout à coup timide. Les yeux dans le vague, il soupire:

— Je n'avais encore jamais vu une telle splendeur !

Moi qui pensais qu'il ne regardait pas les filles, à part ma mère.

— Aimerais-tu que je te la présente ? Elle se prénomme Carolina.

Comme s'il venait de se réveiller, mon père s'exclame :

— Tu connais les nouveaux voisins ? Tu aurais pu le dire avant !

— Ils sont en effet très gentils, mais ils ne parlent pas beaucoup notre langue.

— On pourrait leur donner des cours, tu ne crois pas, Félix ?

Ses yeux brillent.

— À qui voulez-vous donner des cours ? demande ma mère en entrant dans la pièce.

Papa s'étouffe avec sa gorgée de thé !

Voilà ma chance d'obtenir le secours dont j'ai besoin. Je la saisis :

— J'ai offert de l'aide aux voisins qui viennent d'emménager. Pourriez-vous me donner un coup de main ?

— Avec plaisir, répond mon père, arborant un large sourire.

— La dame est venue au magasin, hier, avec ses deux enfants. Je les ai invités à venir prendre un café ou un jus. Ils devraient arriver d'une minute à l'autre, annonce maman.

Je vois mon père rougir.

— Comment as-tu fait pour l'inviter ? Elle ne parle pas français.

— *Yo hablo español.*

— Tu parles espagnol ?

— C'est exactement ce que je viens de dire, mot pour mot.

C'est bien beau, mais le fait que ma mère cause espagnol ne me rend pas meilleur en français.

— Alors, vous allez m'aider, pour les cours ?

On sonne à la porte, je vais ouvrir. Ce sont eux. Je ne bouge pas.

— Félix, pourrais-tu faire entrer nos visiteurs ?

Maman a tout d'abord amorcé la conversation en espagnol, puis Carolina lui a demandé de passer au français. Elle s'exprime beaucoup mieux que je ne le croyais. Toute la famille fréquente un centre de formation pour immigrants. Carolina nous explique qu'ils sont des réfugiés politiques. Ils ont été obligés de fuir la Colombie pour leur sécurité. Le père d'Angelica et Alejandro y est emprisonné. Ils n'ont aucune nouvelle de lui depuis leur départ.

Pour montrer que je m'intéresse à ce qu'ils vivent, je pose une question :

— Alliez-vous à l'école, en Colombie ?

Ils me toisent, comme si je venais de leur demander s'ils marchent sur le plancher ou le plafond.

— Bien sûr, répond Angelica, qui en réalité a prononcé «bienne sour».

Elle parle tout doucement. On dirait qu'elle mesure ses mots, peut-être parce qu'elle n'en connaît pas beaucoup, en français.

L'éléphant volant

Mon père et moi avons lancé un blitz grammatical qui a duré deux jours. Puisque le temps était compté, nous avons survolé les principales règles. Je ne les maîtrise pas à la perfection, loin de là, mais assez pour ne pas perdre la face, du moins, pas toute la face.

Ma mère m'a donné l'idée de commencer les leçons par le français oral. C'est donc sur cet aspect que j'ai surtout insisté, même beaucoup insisté. Après tout, avant d'écrire, il est préférable de savoir parler, non ? Et dans ce domaine, je n'éprouve aucun problème, confirmerait Isabelle.

J'ai aussi fait lire des bandes dessinées à mes nouveaux amis. Maman avait raison, en ce qui concerne Calvin et Hobbes : super hilarant ! Il y a des monstres sous le lit, une vieille enseignante trop affreuse et de la nourriture toujours dégueulasse.

Alejandro, lui, adore Garfield alors qu'Angelica préfère Boule et Bill. Elle m'a raconté qu'elle avait déjà eu un chien comme Bill, un cocker.

Tout s'est bien déroulé pour le reste des vacances. Mes apprentis élèves ont fait des progrès ahurissants. Moi aussi, je crois que je me suis amélioré. En voulant leur rendre service, c'est également moi que j'ai aidé.

Au contraire d'eux, toutefois, je n'ai pas hâte du tout de recommencer l'école. Je ne sais pas trop ce qui m'attend, en ce 29 août, paniquante journée de la rentrée.

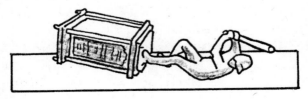

Angelica et Alejandro sont partis depuis au moins vingt minutes. Moi, j'ai décidé d'arriver en même temps que le son de la cloche. Je n'ai vraiment pas le goût d'affronter mes anciens camarades de classe.

À la récréation, je me lève en traînant les pieds.

— Qu'est-ce qui se passe, Félix? demande Isabelle.

— Rien.

— L'année dernière, il fallait presque t'attacher pour t'empêcher de défoncer la porte aussitôt que tu entendais la sonnerie.

— J'aimerais mieux ne pas aller à la récré, aujourd'hui. Je me sens fatigué. Est-ce que je pourrais rester ici? Je vais laver le tableau.

Je réalise alors que tout est propre, impeccable. Le tableau n'a pas encore servi. Comme si elle lisait dans mes pensées, Isabelle me dit gentiment:

— Tu ne pourras pas demeurer à l'intérieur toute l'année, Félix.

— Je sais.

J'ai une de ces trouilles!

— Ne t'en fais pas, je suis con-vaincue que tout va bien se passer, m'encourage-t-elle.

— Je n'en suis pas si sûr, moi.

Elle s'approche :

— De toute manière, tu n'as pas le choix. Allez, dehors, réveille-toi !

Elle doit avoir raison. Mieux vaut foncer tout de suite. C'est comme si je devais plonger dans l'océan glacé, tout nu. Avant de sauter, je glisse à mon enseignante :

— Je suis réveillé, maintenant. Inu-tile de me le rappeler aussi souvent.

En entrant dans la cour, je tombe sur mes ex-amis qui passent des com-mentaires sur Paul-Antoine Provencher, leur nouveau professeur.

Résigné, je m'avance vers eux :

— Moi, je suis dans la classe d'Isabelle.

— Salut, Félix ! Où étais-tu ce matin ? On t'a cherché partout.

— Êtes-vous sourds, ou quoi ? Je viens de dire que je suis encore une fois dans la classe d'Isabelle. Je reprends mon année, j'ai redoublé.

— Puis après? rétorque Mathis. Moi aussi, l'année dernière, pas besoin d'en faire un drame.

— Dites-le que je suis une tarte, une cruche!

— On n'a rien dit!

— Je pensais que...

— Tu croyais qu'on ne voudrait plus te parler, qu'on allait te laisser tomber?

— Je pensais que...

Julien arrive avec le ballon et me le lance de toutes ses forces!

— Arrête de penser, si on veut avoir le temps de jouer!

Je n'en reviens pas. Je n'ai pas perdu mes copains. Je regarde alors le ciel et je vois s'envoler l'éléphant que je transportais sur mes épaules depuis deux longs mois. Il est devenu rose, avec des ailes blanches. Elle n'est quand même pas si moche, la vie!

13

Martyr

Un mois plus tard, c'est jour d'élection. Nous venons de voter pour nommer le conseil de classe. L'année dernière, tout comme celles d'avant, ces choses-là ne m'intéressaient pas du tout. La semaine passée, lorsque Isabelle m'a suggéré de poser ma candidature en tant que président du conseil, j'ai promis d'y réfléchir.

Elle procède maintenant au dépouillement du scrutin. Elle déplie les petits billets depuis dix minutes pour compter les votes. Je n'aurais jamais dû me présenter, me dis-je, paralysé par la peur. Personne n'a voté pour moi, c'est certain. Le crétin fini va échouer, encore une fois.

Isabelle défroisse chaque papier un à un, avec soin. Si elle avait un fer à repasser, elle essaierait sûrement d'en effacer tous les moindres plis. Quand elle a terminé de recompter avec minutie pour la troisième fois, elle se lève et demande le silence.

— Avant de dévoiler le nom du vainqueur, je tiens à féliciter tous ceux et celles qui ont eu le courage de relever le défi. Ce n'est pas facile d'affronter…

Rebecca l'interrompt :

— Isabelle, pourrions-nous avoir les résultats ?

— Bon, d'accord.

Elle prend sa craie et écrit avec soin le prénom des cinq candidats au tableau. Sous chaque nom, Isabelle trace une ligne bien droite, à la règle, et se prépare à inscrire le nombre de votes que chacun a obtenus.

— Un jour, tout de même assez lointain, reprend-elle en se retournant, le baron Pierre de Coubertin a déclaré :

l'important n'est pas de gagner, l'essentiel est de participer ! On prétend cependant que ce ne serait pas vraiment lui qui aurait prononcé ces sages paroles. Il s'agirait plutôt d'un évêque de Pennsylvanie, croyez-le ou non !

Sarah se lève, sa chaise bascule.

— Isabelle, ce n'est plus drôle. Nous voulons savoir qui est le gagnant, et tout de suite !

— D'accord, d'accord, moi je suis prête depuis fort longtemps.

Je referme les yeux. J'ai l'impression d'assister à mon propre enterrement. La craie frotte sur le tableau à six reprises.

Un énorme silence déambule dans la classe, suivi d'un tonnerre d'applaudissements.

Je suis battu, abattu. Lorsque je parviens à soulever une paupière, puis l'autre, j'aperçois tout le groupe massé autour de mon pupitre.

Je regarde les résultats au tableau :

<u>Sarah :</u> O   <u>Samuel :</u> O   <u>Mathis :</u> O
<u>Léa :</u> O   <u>Félix :</u> 29

Incroyable, même mes adversaires ont voté pour moi!

— Réveille-toi, Félix, s'exclame Isabelle. Te voilà président!

14

Le truc

J'ai parfois l'impression qu'Isabelle me donne plus de travail qu'aux autres élèves. Même si j'ai fait pas mal de rattrapage durant l'été, il me semble que la matière est souvent nouvelle. Peut-être parce que nous avons changé de livres. Ou parce que j'étais trop dans la lune l'an passé quand on a étudié ces notions-là. Quoi qu'il en soit, il faut croire que je ne reprends pas mon année pour rien. Au moins, j'obtiens de bonnes notes.

Au premier bulletin, tous mes résultats frôlent le quatre-vingt-quatre pour cent. Avant, les chiffres s'inversaient plutôt. J'ai le vent dans les voiles, comme dirait mon père. Je flotte et mes notes ne cessent de gonfler. C'est encore plus facile depuis qu'Isabelle m'a confié son truc :

« Lorsque tu te couches, le soir, répète trois fois la phrase suivante : demain, j'aurai le goût d'aller à l'école et je vais bien réussir. »

Maintenant que j'applique cette méthode, on pourrait presque dire que j'aime l'école. Enfin, un peu. Il ne faut tout de même pas exagérer !

Ce que j'adore, par contre, c'est la lecture. Comme vous le savez, j'ai commencé à lire l'été dernier. En septembre, je ne me laissais tenter que par les bandes dessinées. À présent, je choisis de temps à autre des romans, pas trop longs. Dès que j'ai du temps libre, je plonge dans un livre. Lorsque Isabelle ne me trouve pas une autre tâche à accomplir, bien entendu. Elle me demande souvent d'aider ceux qui ont de la difficulté, ce que je fais en m'appliquant. J'aime bien rendre

service, maintenant que j'en suis capable.

Isabelle est encore plus ravissante qu'avant, mais j'ai décidé qu'elle n'était que mon enseignante. J'ai échangé mon île déserte contre un banc, au parc, où je peux rencontrer Angelica. Parfois, je me rends aussi chez elle, sous prétexte d'aller voir Alejandro, qui est dans ma classe. Nous faisons alors nos devoirs tous les trois ensemble. En fait, je ne fais pas du tout attention à Alejandro. Je suis bien trop occupé à contempler Angelica.

Même si elle est en cinquième, je trouve que ses devoirs ressemblent souvent aux miens. Son professeur doit lui en donner de plus faciles, puisqu'elle vient d'arriver au pays.

À l'occasion, je fais semblant de ne pas comprendre un problème pour qu'elle me l'explique. Angelica s'approche alors de moi, et si j'ai de la chance, sa main frôle la mienne. J'en ai des frissons, des frissons bouillants!

15

Impossible, incroyable !

En décembre, mes résultats continuent de grimper : quatre-vingt-seize pour cent de moyenne. Mes parents ont parlé d'un voyage en République dominicaine, pour me récompenser. Ils l'ont gagné en participant à un concours, à l'épicerie. Le voyage se ferait en janvier, parce que ma mère ne peut pas prendre de congés durant la période des fêtes. Il faudra donc qu'Isabelle soit d'accord pour que je manque une semaine d'école.

Sous le sapin, en ce soir du 24 décembre, deux boîtes sont pour moi. Je devine que ce ne seront que de petites bricoles pour annoncer nos vacances, comme un maillot de bain et une serviette de plage. Ma mère affiche un drôle de sourire.

Je déballe un paquet : le dernier disque de mon groupe préféré. Dans le second, je découvre trois albums de bandes dessinées, en français, en anglais et en espagnol. C'est ce que j'avais demandé.

Mes parents s'échangent ensuite deux enveloppes : des billets pour l'opéra. Une chance qu'il n'y a pas de troisième enveloppe. Je déteste l'opéra, j'en ai horreur, j'y suis allergique !

— Si on allait réveillonner ? propose ma mère.

— Quoi, c'est fini ?

— Oui, je crois. Tu n'es pas satisfait de tes cadeaux, Félix ? C'est pourtant ce que tu voulais ?

— Je pensais que…

Je ne sais plus trop quoi penser. Ils ont l'air sérieux. Ils ont décidé d'aller en République sans moi. Ils vont me laisser grelotter ici pendant qu'ils iront se faire dorer au soleil. Pour ne pas me faire de peine, ils vont m'en parler plus tard, une fois Noël passé. J'espère que j'irai me faire garder chez mes grands-parents, qui ont *la* nouvelle console de jeux vidéo. Ce n'est pas la République dominicaine, mais c'est quand même bien.

Mon père tire alors de sa poche une autre enveloppe.

— On avait oublié celle-là.

Elle est assez grande, mais pliée en quatre, donc juste le format d'un billet d'opéra. Oh non, pitié! Mieux vaut en avoir le cœur net.

— Donne-la-moi, papa!

— Attends un peu, Félix, rien ne presse. On ne sait même pas à qui elle est adressée. Le père Noël a dû l'égarer.

En la reniflant, il déclare:

— Elle dégage un subtil parfum. Une de tes admiratrices t'aurait-elle envoyé une carte de Noël? Serait-ce Angelica?

Je bondis et je la saisis. L'enveloppe, pas Angelica. Je l'ouvre à toute vitesse pour en découvrir une autre, puis une suivante. La dernière semble identique à celle de mes parents. Elle est toute chaude, sûrement remplie de rayons de soleil.

Je reconnais l'écriture d'Isabelle :

*Joyeux Noël et bravo
pour tes efforts !*

C'est bien ce que je pensais, elle a donné son autorisation pour les vacances.

Ma mère revient de la cuisine, tenant entre ses mains un plateau qui brille. Ce sont les billets d'avion, je le sens !

Mais non, encore une carte :

«Joyeux Noël et bienvenue !»

C'est signé Paul.

— Qui c'est, Paul ?

Je commence à les trouver moins amusantes, les devinettes !

— Regarde la feuille, à l'intérieur, suggère mon père.

Elle ne ressemble pas à un billet d'avion. On dirait un vieux bulletin. Mon cauchemar recommence!

— Regarde comme il faut, insiste maman.

— Là! fait papa en montrant du doigt le bas de la page.

«Promu en cinquième année.»

— Je ne comprends pas.

— Réveille-toi, Félix! Tu montes en cinquième en plein milieu de l'année. Isabelle t'a fait un bulletin spécial, six mois avant les autres. C'est pour cette raison qu'elle te donnait des exercices de cinquième, tu ne t'en étais pas douté?

Ma mère ajoute:

— Nous l'avons rencontrée il y a quelques semaines. Elle a affirmé que si tu continuais à travailler aussi bien, elle allait entreprendre les démarches pour que tu changes de niveau en cours d'année, ce qui est exceptionnel.

— Quelqu'un aurait pu m'en parler!

— Nous voulions d'abord nous assurer que tu étais sérieux.

— Donc, ce n'étaient pas les devoirs d'Angelica qui étaient trop faciles?

— Non, et le fait que tu lises beaucoup t'a grandement aidé.

— La République?

— Nous avons décidé de reporter le projet. Je ne crois pas que ton nouveau professeur aurait été d'accord avec ces vacances.

Incroyable! Paul, c'est-à-dire Paul-Antoine Provencher, le professeur de cinquième, me souhaite la bienvenue dans son groupe!

Des milliers d'idées me traversent l'esprit en une fraction de seconde. Je ne suis plus un raté, c'est le plus beau jour de ma vie!

Et savez-vous quoi? Dans la classe de Paul-Antoine Provencher, il y a... Angelica!

Table des chapitres

Pierre Roy

Connais-tu le mot *procrastination*?
C'est la tendance à tout remettre à
plus tard. On peut l'utiliser en anglais
ou en français, il s'écrit de la même
manière.

Pour impressionner tes parents
ou tes professeurs, tu n'as qu'à dire:
«Ce n'est pas ma faute, je souffre de
procrastination. Je le ferai demain,
ce n'est pas urgent.»

Je te conseille toutefois de t'en-
traîner un peu avant, car ce mot est
assez difficile à prononcer. Mais attention de ne pas trop exagérer. C'est ce
qu'a fait Félix et il a été obligé de se
réveiller.

Je suis certain qu'il ne t'arrive
jamais de procrastiner, comme dans
Félix déboule et redouble, mon ving-
tième livre.

Derniers titres parus dans la
Collection Papillon

Illustration : Gabrielle Grimard